van Gool

Klassiker der Kinderliteratur

Tom Sawyer

ERSTES KAPITEL

Liebe auf den ersten Blick

Tante Polly hatte es nicht leicht im Leben. Zu ihrer eigenen Tochter Mary hatte sie Tom und Sid, die beiden Söhne ihrer frühverstorbenen Schwester, bei sich aufgenommen. Mit Sid gab es keine Probleme. Er war ein vernünftiger Junge. Tom dagegen war ganz anders. Er suchte das Abenteuer, schwänzte die Schule und verbreitete mit anderen Lausbuben Angst und Unruhe im Dorf.

Im Grunde seines Herzens war Tom ein guter Junge, und er liebte seine Tante sehr, doch hielt ihn das nicht davon ab, Unsinn zu machen und anderen Leuten Streiche zu spielen.

Als er wieder einmal mit zerrissenem Hemd nach Hause kam, wurde es Tante Polly zu bunt. »Du Lausebengel!« schimpfte sie. »Wie siehst du nur wieder aus! Zur Strafe streichst du jetzt den Gartenzaun!«

Lustlos machte Tom sich an die Arbeit. Hoffentlich sahen seine Freunde ihn nicht bei dieser Sklavenarbeit! Er würde sich in Grund und Boden schämen! Im selben Moment bog Ben Rogers um die Ecke. »Der hat mir gerade noch gefehlt«, dachte Tom. Aber dann kam ihm eine Idee. Er begann zu pfeifen und pinselte mit Schwung am Zaun herum. Ben staunte nicht schlecht, das Malen schien Tom riesigen Spaß zu machen. Schließlich fragte er: »Sag mal, Tom, darf ich auch ein bißchen malen?« Tom willigte gnädig ein, und im nächsten Moment war Ben an der Arbeit. Bald kamen auch die anderen Freunde; alle wollten streichen helfen. Tom teilte bereitwillig Pinsel aus und hielt dann ein Nickerchen. Als er wach wurde, war der Zaun fertig gestrichen. Tante Polly glaubte ihren Augen nicht zu trauen. Ihr Tom war doch ein guter Junge.

Tom ging ausgesprochen ungern zur Schule, und jeden Montagmorgen suchte er eine neue Ausrede, um nicht aufstehen zu müssen. Dieses Mal behauptete er, Zahnschmerzen zu haben.

»Laß mal sehen«, sagte Tante Polly. »Ah! Ein Milchzahn wackelt. Der wird sofort gezogen!«

Sie überhörte Toms Protest, band einen Faden um den Zahn und dann um einen Bettpfosten und nahm aus dem Kamin ein glühendes Stück Kohle. Tom wich erschrocken zurück und siehe da! der Zahn baumelte am Faden. »Jetzt fehlt dir nichts mehr«, sagte Tante Polly. »Jetzt aber schnell zur Schule!« Nun hatte Tom keine Ausrede mehr, er mußte gehorchen und sich seinem schweren Schicksal fügen.

Als er ins Klassenzimmer trat, änderte sich seine Laune schlagartig: »Das Leben hat trotz allem etwas Gutes«, sagte er sich, denn gerade stellte der Lehrer eine neue Mitschülerin vor. Sie hieß Becky Thatcher und war die Tochter des neuen Dorfrichters. Sie hatte blonde Zöpfe und sah sehr hübsch aus. Tom verliebte sich augenblicklich in sie!

Als der Lehrer der Klasse den Rücken zuwandte, schickte er ihr in einem kleinen gefalteten Briefchen einen Gardinenring. Dazu schrieb er:

Bäcki, ich lihbe dich.

Becky würdigte ihn keines Blickes, aber sie schaute auf den »Ring«.

»Das ist immerhin ein Anfang«, dachte Tom und war sehr glücklich.

ZWEITES KAPITEL

Auf dem Friedhof

Abends in seinem Bett dachte Tom immer noch an Becky. Fast hätte er darüber seinen Freund Huckleberry Finn vergessen. Huck hatte keine Mutter, und sein Vater, ein Trunkenbold, kümmerte sich nicht um ihn. Huck war frei wie ein Vogel, ging nicht zur Schule und schlief in einem Faß!

Heute nacht wollte Tom sich mit ihm treffen. Er stand leise auf und kletterte durch das Fenster nach draußen. Er war mit Huck auf dem Friedhof verabredet, wo sie Geister beschwören wollten. Doch als er dort ankam, machte ihm Huck, der hinter einem Grabstein kauerte, ein Zeichen, er solle sich schnell verstecken und ruhig sein. Es sei noch jemand auf dem Friedhof! Tom spitzte die Ohren und erkannte die Stimme von Indianer-Joe: »Her mit dem Zaster, oder ich bring dich um!« Eine zweite Stimme antwortete. Es war Doktor Robinson. »Kommt nicht in Frage!« Sie schienen nicht zu spaßen! Dann kam eine dritte Stimme hinzu, die von Muff Potter, einem gutmütigen Trunkenbold. »Ru...Ru...Ruhe, Jungs!« lallte er. Er sollte seine Ruhe bekommen. Jemand schlug ihm mit einem Stock so fest auf den Kopf, daß er zu Boden fiel ... direkt vor die Füße der Jungen.

Tom und Huck wichen entsetzt zurück. Sie konnten jetzt alles genau beobachten, und was sie sahen, war nicht sehr beruhigend. Der Doktor schwang seinen Stock, und Indianer-Joe zückte ein Messer, dessen silberne Klinge im Mondlicht blitzte ...

»Rück das Geld 'raus, Alter, oder du bist eine Leiche!« Doch der Doktor hörte nicht auf ihn, er holte mit seinem Knüppel aus, aber Indianer-Joe war schneller und stieß ihm das Messer mitten ins Herz. Der Doktor fiel tot um. Jetzt bekam Indianer-Joe es mit der Angst zu tun. Er nahm das Geld aus der Tasche des Doktors, beugte sich über Muff Potter, der immer noch bewußtlos dalag, und legte ihm dann schnell das Messer in die Hand. »Ich gebe es dir zurück«, lachte er hämisch, »es gehört dir doch! Hahaha!« Dann rannte er davon.

»Was machen wir jetzt?« fragte Tom mit ängstlicher Stimme.

»Vorläufig dürfen wir niemandem etwas sagen«, erwiderte Huck. »Wir werden abwarten, was morgen passiert ...«

Am anderen Morgen ging Tom zum ersten Mal gern in die Schule. Er hatte schreckliche Alpträume gehabt und hoffte, Becky würde ihn auf andere Gedanken bringen. Aber leider erwartete ihn weiteres Unheil: Der Ring lag mit einem Zettel auf seinem Tisch: »Sehr geehrter Herr Sawyer, bevor Sie jungen Mädchen schreiben, sollten Sie die Rechtschreibung beherrschen. Außerdem möchte ich Sie darauf aufmerksam machen, daß ich blond bin. Sie hingegen lieben, wie ich gehört habe, die Rothaarigen ...«

Tom war alles klar! Er schaute zu der rothaarigen Amy Lawrence hinüber, die ihn triumphierend ansah. Was für ein Scheusal! Sie hatte Becky erzählt, daß sie sich neulich verlobt hatten! Aber Tom hatte keine Zeit, die Sache in Ordnung zu bringen, denn der Lehrer erschien.

»Heute nacht ist auf dem Friedhof eine entsetzliche Sache passiert!« verkündete er. »Der Unterricht fällt heute aus!«

Zwanzig Minuten später waren Tom und Huck auf dem Friedhof. Das ganze Dorf hatte sich um Doktor Robinsons Leiche versammelt. Und neben der Leiche lag immer noch Muff Potter und schlief.

»Er war's! Seht doch! Sein Messer ist blutverschmiert!«

Kein anderer als Indianer-Joe war es, der diesen Verdacht äußerte. Seelenruhig stand er mitten in der Menge! Kein Mensch würde Tom und Huck glauben, was sie in der Nacht gesehen hatten. Aus lauter Angst schwiegen die Jungen. Aber als man Muff Potter verhaftete, schämten sie sich fast zu Tode. Der arme Trunkenbold wehrte sich nicht einmal, was die Sache nur noch schlimmer machte. Er selbst war fest von seiner Schuld überzeugt. Er war neben der Leiche aufgewacht und hielt ein blutiges Messer in der Hand. Also konnte nur er den Doktor umgebracht haben, auch wenn er sich an nichts erinnern konnte. Widerstandslos ließ er sich ins Gefängnis bringen.

DRITTES KAPITEL

Der Schwur der Piraten

In den folgenden Nächten hatte Tom immer wieder fürchterliche Alpträume. Er träumte, man habe Muff Potter gehängt und Joe der Indianer verbreite Angst und Schrecken. Eines Nachts schrie Tom im Schlaf laut auf.

»Hilfe! Nicht! Ich flehe Sie an!«

»Was ist denn los mit dir!« brummte Sid, der aufgewacht war.

»Mit mir? Überhaupt nichts! Du hast wohl geträumt ...«

Aber Sid ließ sich nicht an der Nase herumführen und erzählte anderntags alles Tante Polly. »Dieser Junge macht mir Sorgen«, seufzte Tante Polly. So oft wie möglich ging Tom zum Gefängnis und schenkte Muff Potter einen Apfel oder ein Stück Kuchen.

»Wenigstens du bist ein guter Junge«, sagte der arme Mann jedesmal. Doch die Schuld lastete immer schwerer auf Tom.

Wenn er wenigstens zum Trost ein Lächeln von Becky gehabt hätte ... Doch sooft sie ihn sah, streckte sie ihm die Zunge heraus. Jetzt gab es nur noch eine Möglichkeit: davonlaufen. Mit Huck und Joe Harper, der auch ein alter Freund von ihm war, würde Tom auf einem Floß den Mississippi bis zur Jackson-Insel hinunterfahren.

»Wir werden die furchterregendsten Piraten auf dem Mississippi sein«, erklärte er, als sie sich morgens am Flußufer trafen. Tom hatte Brot, Äpfel und Schinken eingepackt.

»Prima Proviant!« lobte ihn Huck. »Und ich habe Werkzeug mitgebracht: Schnur, Angelhaken, drei Schleudern für die Jagd und drei Messer als Waffen.«

Schon kurze Zeit später machten die drei Piraten das Floß an der Jackson-Insel fest. Sie schwammen, aßen Schinken und erkundeten am Nachmittag die Umgebung. Die Insel war menschenleer, und so beschlossen sie, daß sie ihnen gehöre.

»Laßt uns schwören, daß wir nie wieder in die Zivilisation zurückkehren!« rief Tom

»Wir schwören!« stimmten die beiden anderen zu. Aber als sie in der Abenddämmerung zu dritt ums Feuer saßen, war ihnen doch mulmig ... Plötzlich hörten sie ein Geräusch. Es war der Dampfer, der außerplanmäßig unterwegs war. Boote wurden zu Wasser gelassen, und Männer mit Laternen beleuchteten das Wasser. »Sie suchen uns!« flüsterte Tom. Sie fühlten sich wie echte Helden. Eigentlich hätten sie sich bemerkbar machen müssen, aber statt dessen rannten sie weg, um sich zu verstecken.

Jetzt waren die Jungen schon drei Tage und drei Nächte von zu Hause fort. Im Dorf war man ganz sicher, sie seien ertrunken. Die Suche wurde eingestellt, und der Pfarrer ließ die Totenglocke läuten. Das ganze Dorf strömte zur Trauerfeier in die Kirche.

»Uns trifft ein schwerer Schicksalsschlag«, sprach der Pfarrer von seiner Kanzel herab, »drei so junge, liebenswürdige Burschen ...« Bei diesen Worten schluchzte Tante Polly laut auf. Auch Sid, der neben ihr saß, weinte bitterlich. Doch nicht nur sie betrauerten den Verlust. Drei Reihen weiter hinten saß ein blondes Mädchen und weinte ebenfalls heiße Tränen.

Becky weinte um ihn! Tom sah es mit Wohlgefallen! Huck, Joe Harper und er nahmen nämlich versteckt an ihrem eigenen Begräbnis teil! Als sie die Totenglocke gehört hatten, war für sie der Spaß vorbei gewesen, und sie waren ins Dorf zurückgekehrt. Aber sie hatten sich noch nicht zeigen wollen. Nun hockten sie versteckt hinter dem Kirchenportal und hörten genau, was man Gutes über sie sagte.

»Es tröstet uns, Brüder«, sagte der Pfarrer, »daß es im Himmel ein Wiedersehen gibt.«

»Das ist der richtige Augenblick«, flüsterte Tom. Wie der Blitz tauchten die drei Jungen inmitten der Gemeinde auf. Was für eine Überraschung! Was für eine Freude! Joe Harpers Mutter wurde ohnmächtig. Tante Polly stürzte sich auf Tom. Vor lauter Freude vergaß sie sogar, mit ihm zu schimpfen. Aber das allerschönste für Tom war, daß Becky ihm um den Hals fiel und ihn küßte. Dann erzählte er ausführlich von ihrem Abenteuer und von den drei Nächten, die sie heldenhaft im Freien verbracht hatten.

VIERTES KAPITEL

Die Schatzsuche

Als Held, vor allem, wenn man einer bleiben will, muß man sich ständig heldenhaft benehmen. Das ist ein großer Nachteil. So dachte Tom drei Tage später vor Gericht. Das ganze Dorf nahm am Prozeß gegen Muff Potter teil – oder besser: an seiner Verurteilung. Denn es bestand kein Zweifel an seiner Schuld. Er würde bestimmt gehängt werden. Davon war auch Indianer-Joe überzeugt, der ebenfalls im Gerichtssaal war, dieser Schuft! Als Tom aufstand und bat, aussagen zu dürfen, befürchtete er einen Messerstich in den Rücken, aber nichts dergleichen geschah. Er schwor auf die Bibel und gab dann mit leiser Stimme all das wieder, was er am Abend des Verbrechens gesehen hatte. Die Anwesenden staunten derart, daß sie nicht bemerkten, wie Indianer-Joe sich heimlich davonmachte.

Toms Alpträume kamen wieder. Indianer-Joe würde sich bestimmt rächen, und der Gedanke daran ließ Tom erschauern. Er beschloß, seinen Freund im Faß zu besuchen. Huck erwartete ihn schon aufgeregt.

»Ich war gestern beim Geisterhaus«, sagte er, »als zwei verdächtige Gestalten hineingingen. Einer war groß und mager, der andere war der taubstumme Spanier, den du auch kennst und der seit einigen Tagen hier herumlungert. Ich glaube, sie haben etwas vor. Komm, wir gehen hin und schauen nach, was sie im Schilde führen!«

Kurze Zeit später waren die beiden Jungen beim Geisterhaus angelangt. Das Gebäude war an den Hang gebaut, so daß sie durch den hinteren Eingang sofort in den ersten Stock gelangten. Sie traten vorsichtig auf, denn der Fußboden knarrte, und im Erdgeschoß hörte man Stimmen. Sie legten sich flach auf den Boden. Durch die Ritzen konnten sie die zwei Männer erspähen, die Huck beschrieben hatte. Sie gruben eine Kiste aus, die anscheinend sehr schwer war.

»Ein Schatz!« flüsterte Huck. Doch das Wort blieb ihm im Halse stecken! Der »Taubstumme« hatte gesprochen! Es war die Stimme von Indianer-Joe!

»Wir bringen zuerst das hier im Gasthaus in Sicherheit«, sagte er, »dann begleiche ich meine Rechnungen ...« Tom zitterte am ganzen Körper. Bestimmt stand er mit auf der Rechnung! Er war heilfroh, als sich die Verbrecher mit ihrem Schatz davonmachten.

Am nächsten Tag hatte Tom wenig Lust, sich mit Huck vor dem Gasthaus auf die Lauer zu legen. Ihm war die ganze Sache nicht geheuer, und er hatte eine gute Entschuldigung, denn Beckys Eltern hatten alle Kinder des Dorfes zu einer Dampferfahrt mit anschließendem Picknick am Mississippi-Ufer eingeladen. Tom konnte Becky unmöglich absagen. Besonders vorteilhaft war, daß kein Erwachsener bei dem Picknick dabei sein würde: das konnte lustig werden!

Tom wurde nicht enttäuscht. Becky blieb während der ganzen Dampferfahrt an seiner Seite. Als sie in einer Bucht anlegten, lud Tom seine Freundin zu einem besonderen Ausflug ein. Ganz in der Nähe lag eine Höhle, die er kannte.

Huck indessen lag immer noch vor dem Gasthaus auf der Lauer. Es war schon dunkel, als endlich die beiden Verbrecher mit der Schatzkiste zur Tür heraustraten.

»Willst du wirklich bei der Witwe des alten Richters vorbeischauen?« fragte der Dünne.

»Natürlich«, erwiderte Indianer-Joe. »Ihr Alter hat mit dem Sterben nicht gewartet, bis ich ihn umlege. Die Tage im Gefängnis, die ich ihm verdanke, habe ich nicht vergessen. Dafür wird sie jetzt büßen müssen. Danach ist immer noch Zeit, die Kiste hier zu verstecken.«

»Er will sich also gar nicht an Tom rächen«, dachte Huck, »sondern an der alten Witwe Douglas! Ich muß sie retten! Ich muß den Männern im Dorf Bescheid sagen! Aber wenn ich jetzt fortlaufe, entgeht mir der Schatz!« Huck wußte nicht aus noch ein. »Wenn nur Tom hier wäre, statt bei seinem dummen Picknick!« Schließlich gehorchte Huck allein seinem Gewissen, ließ den Schatz im Stich und lief in Richtung Dorf. Das erste Haus war das des Walisers. Er trommelte mit den Fäusten an die Tür, und zwei Minuten später brachen der Waliser und seine Söhne mit Gewehren bewaffnet auf, um der Witwe zu Hilfe zu eilen.

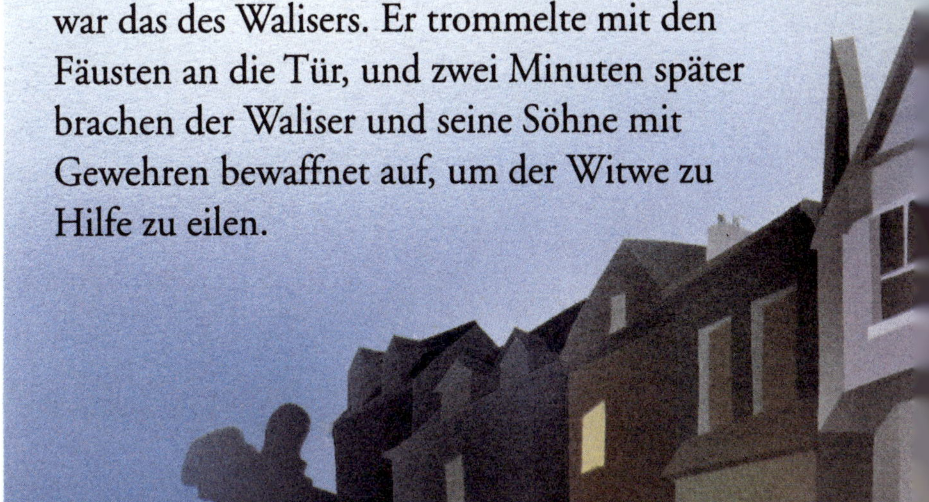

Indianer-Joe und sein Komplize wollten das Haus der Witwe gerade betreten, als Huck und die drei Männer um die Ecke bogen.

»Wir halten sie dort fest«, flüsterte der Waliser. Aber im selben Moment stolperte einer der Söhne über irgend etwas, das wie eine Kiste aussah und mitten im Wege stand. Sein Gewehr war geladen, ein Schuß löste sich, und die Verbrecher suchten erschreckt das Weite. Im Nu waren sie im Wald verschwunden – nutzlos, sie zu verfolgen. Es war dunkel, und man würde sie nicht mehr finden.

Als die Witwe begriff, in welcher Gefahr sie geschwebt hatte, konnte sie nicht genug Worte des Dankes finden.

»Ihm verdanken Sie Ihr Leben«, sagte der Waliser und deutete auf Huck. Aber der hörte gar nicht zu. Er hatte gerade entdeckt, daß die von den Verbrechern zurückgelassene Kiste gar nicht die Schatzkiste von tags zuvor war. Es war nur ein Kasten voller Handwerkszeug. Der Schatz mußte anderswo sein ...

FÜNFTES KAPITEL

Die unheimliche Höhle

Huck war zu müde, um weiter nach dem Schatz zu suchen. Außerdem hatte er einen Bärenhunger. Also sagte er zu, als die Witwe ihn zum Abendessen einlud. Als er sich sattgegessen hatte, bestand sie darauf, daß er bei ihr übernachte.

»Du wirst dich ausruhen wollen, mein Junge«, sagte sie zu ihm. »Du hast es bitternötig. Und ich fühle mich ruhiger mit einem Mann im Haus.«

Dagegen konnte Huck schlecht etwas einwenden, obwohl er nicht gern in einem richtigen Bett schlief. Er ahnte nicht, was zur selben Zeit im Dorf vor sich ging. Dort herrschte größte Aufregung. Der Dampfer, der die Kinder vom Picknick zurückbringen sollte, hatte angelegt, doch als man durchzählte, fehlten zwei Kinder. Becky Thatcher und Tom Sawyer!

Alles hatte für die beiden Verliebten sehr gut begonnen. Sie waren mit Fackeln ausgerüstet in die Höhle gestiegen, hatten bizarre Felsformationen bestaunt, einen riesigen Felsensaal entdeckt, in dessen Mitte ein See glitzerte, waren um ihn herumgegangen, um weiter und immer weiter vorzudringen. Becky war mit ihrem Führer sehr zufrieden, und der hatte ein Herz mit ihren Initialen in die Felswand geritzt. Kurzum, sie hatten nicht bemerkt, wie die Zeit verging. Plötzlich hatten sie ganz aus der Ferne, wie aus einer anderen Welt, die Schiffsglocke läuten gehört. Das war das Zeichen zur Abfahrt! Man hatte sie vergessen! In Panik waren sie losgerannt, hatten aber den Ausgang nicht mehr finden können.
Jetzt saßen sie schon Stunden im Dunkeln – ihre Fackeln waren verloschen – und warteten, daß man sie suche. Plötzlich sprangen sie auf, denn sie hörten Schritte! Gerettet! Becky wollte rufen, aber Tom hielt ihr den Mund zu. Was er soeben gesehen hatte, war schlimmer als alles andere! Der Mann, der wenige Schritte von ihnen entfernt stand, war niemand anderes als – Indianer-Joe!

Unterdessen hatten sich alle Männer des Dorfes auf die Suche nach Tom und Becky gemacht: die einen am Ufer, die anderen auf dem Mississippi, aber kein Mensch dachte an die Höhle. Nachdem sie die ganze Nacht lang den Wald durchkämmt hatten, machten sich die Männer auf den Rückweg. Sie glaubten die beiden verloren. Nur ein Boot, das weiter gefahren war als die anderen, fuhr noch am Steilufer entlang. Plötzlich stieß einer der Männer einen Schrei aus: »Seht mal! Da oben!« In halber Höhe über dem Fluß, auf einem Felsvorsprung, standen zwei Gestalten.

Die Männer brachten Tom und Becky zurück ins Dorf, doch nichts war aus ihnen herauszubekommen. Der Hunger, die Kälte und die Angst hatten sie total erschöpft. Fast eine Woche lagen sie in Fieberträumen. Aber dank einer guten Pflege kehrten ihre Kräfte bald wieder zurück, so daß sie erzählen konnten. Tom berichtete von Indianer-Joe und wie er an ihnen vorbeigegangen sei, ohne sie zu sehen. Und er erzählte, wie ihm die Idee mit der Drachenschnur gekommen sei. Er habe ein Ende an einem Felsvorsprung befestigt und dann mit Hilfe des Fadens weitere Gänge erforscht, ohne sich zu verirren. Schließlich habe er einen Ausgang entdeckt, durch den aber nur Kinder hindurchschlüpfen könnten. So seien sie schließlich oberhalb des Mississippi ins Freie gelangt.

Hier war er mit seinem Erzählen angelangt, als Richter Thatcher kam. »In dieser Höhle wird sich kein Mensch mehr verirren«, verkündete er. »Ich habe gleich am nächsten Tag den Eingang verschließen lassen«.

»Aber Indianer-Joe muß doch noch darin sein!« rief Tom erschrocken.

Am nächsten Tag fand man in der Höhle nicht nur Indianer-Joe, sondern auch dessen Komplizen. Alle beide lagen tot direkt hinter dem Eingang. Außerdem fand man auf dem Boden ihre Messer, deren Klingen sie bei dem vergeblichen Versuch, sich zu befreien, abgebrochen hatten. Sie waren an Hunger und Erschöpfung gestorben. Tom konnte sich ihre Qualen bestens vorstellen. Und obwohl er sich sagte, daß es sich um zwei gefährliche Verbrecher handele, taten sie ihm trotzdem leid.

SECHSTES KAPITEL

Goldregen!

Huck erkundigte sich täglich nach Tom. Tante Polly jedoch wies ihn jedesmal ab. Schließlich hatte Huck ihren Neffen zum Ungehorsam verleitet. Er kam ihr nicht ins Haus! Tom hingegen hatte es nach seiner Genesung mehr als eilig, seinen getreuen Gefährten zu besuchen.

»Du scheinst wieder fit zu sein«, sagte Huck, »und das ist gut so, denn wir haben noch viel vor.«

»Was soll das heißen?« fragte Tom.

»Hast du etwa den Schatz vergessen«, empörte sich Huck. »Er ist weder im Geisterhaus noch im Gasthaus. Er muß ...«

»... in der Höhle sein«, entfuhr es Tom.

Gleich am nächsten Tag gingen die beiden Abenteurer wieder zur Höhle, zum Ausgang über dem Mississippi.

Sie hatten Kerzen, Drachenschnur und Säcke bei sich, um die Beute nach Hause zu tragen. Tom war sehr stolz, seinem Freund zeigen zu können, wie gut er sich in der Höhle auskannte. Nach kurzer Zeit entdeckten sie eine Felsnische, die wie ein Zimmer eingerichtet war. Sie fanden dort einen Strohsack, Wolldecken und sogar ein paar Hosenträger. Das war ohne Zweifel das Versteck der beiden Verbrecher. Aber keine Spur von der Kiste ...

»Da, sieh mal«, sagte Tom plötzlich. Fußspuren führten zu einem lockeren Stein in der Felswand. Als sie ihn herausnahmen, entdeckten sie dahinter die gesuchte Kiste. Als sie die öffneten, staunten sie nicht schlecht. Die Kiste war bis zum Rand gefüllt mit Goldstücken! Das also war der geheimnisvolle Schatz! Schnell füllten sie das Gold in die mitgebrachten Säcke und traten beladen wie Packesel den Rückweg an. Als sie zum Haus der Witwe Douglas kamen, lief ihnen ein Junge entgegen und rief: »Wo habt ihr denn schon wieder gesteckt? Wißt ihr denn nicht, daß alle auf euch warten?«

Im Haus der Witwe hatte sich eine große Menschenmenge versammelt. Tante Polly war entsetzt, als sie sah, wie schmutzig Tom wieder einmal war. Doch Richter Thatcher ließ ihr keine Zeit zu schimpfen.

»Wir sind hier zusammengekommen«, sagte er, »um Huckleberry Finn eine gute Nachricht zu überbringen. Witwe Douglas, die ihm ein Leben lang dankbar sein wird, hat sich entschlossen, ihn zu adoptieren. Sie wird sich ab heute um seine Erziehung kümmern.« Er verstummte, denn Huck schaute so entsetzt, daß alle glaubten, er liefe gleich wieder davon. Doch Tom kam ihm zu Hilfe. Er ging in die Diele, holte einen der dort abgestellten Säcke voller Gold und verkündete laut und deutlich: »Huck ist wirklich sehr gerührt, aber er braucht keine Erziehung mehr ... Ich übrigens auch nicht, denn wir sind reich.« Während er sprach, hatte er einen Sack voller Gold auf den Teppich ausgeleert. Man kann sich vorstellen, welche Aufregung gleich darauf im Hause der Witwe herrschte.

Es war nicht ganz leicht, die beiden Freunde davon zu überzeugen, daß Reichtum Erziehung nicht ersetzen kann. Auch konnte Huck sich nur schwer mit dem Gedanken anfreunden, ein Taschentuch zu benutzen und in einem richtigen Bett zu schlafen. Am schwersten aber fiel es den beiden, das Vermögen bis zu ihrer Volljährigkeit auf die Bank zu legen. Gleich am nächsten Tag schon mußte Tom wieder zur Schule, und diesmal blieb auch Huck nicht verschont. Vorbei war es vorerst mit Reichtum und Nichtstun ...